Vingt mille lieues sous les mers

FichesdeLecture.com

Vingt mille lieues sous les mers (Fiche de lecture)

I. INTRODUCTION

L'ouvrage, publié en 1869, est l'un des romans les plus connus de Jules Verne. Il a par la suite écrit *L'Île mystérieuse*, qui en constitue une suite.

Lors de la lecture du roman, et notamment parce qu'il s'agit d'une œuvre de science-fiction, il est important de garder à l'esprit qu'il a été écrit à une époque où les gens se déplaçaient à cheval, en calèche, en bateau et, de plus en plus, par le train. Par conséquent, l'idée du sous-marin et des profondeurs de la mer est alors incroyable. Une autre importante tendance historique à considérer est celle de la révolution industrielle de l'époque. Elle a en effet constitué une période de changement radical, entamée en Angleterre en 1750 et diffusée ensuite dans les autres pays. La vie des individus aussi bien que celle des nations a été transformée par cette révolution. La guerre civile américaine, en 1865, a été la première guerre à utiliser les progrès industriels de cette période, ce qui a donné une connotation inquiétante au progrès dans l'esprit des gens et est donc un facteur important dont il faut se souvenir à la lecture du roman.

Du point de vue de l'apport littéraire, rappelons que Jules Vernes et Wells sont tenus pour les fondateurs du genre de la science-fiction, qui mobilise la science et la technologie dans la littérature. La postérité de *Vingt mille lieues sous les mers* est si importante qu'il est difficile de lister tous les impacts que le roman a eus sur la vie littéraire et cinématographique de notre époque ; mais elle témoigne du formidable retentissement d'une œuvre considérée comme majeure dans la science-fiction.

II. RÉSUMÉ DU ROMAN

L'histoire commence en 1866. Tout le monde en Europe et en Amérique parle d'une mystérieuse créature qui ne cesse de couler des navires dans plusieurs mers du globe. Le gouvernement des États-Unis décide donc d'intervenir et charge l'*Abraham Lincoln* de capturer et identifier le monstre. Le professeur Pierre Aronnax, naturaliste au Muséum de Paris, a lui aussi entendu les histoires qui circulent et est enchanté de se joindre à l'expédition pour traquer la créature. Il embarque sur le bateau avec son fidèle Conseil. À bord de *l'Abraham Lincoln* se joignent à lui Ned Land, un harponneur canadien qui ne croit pas aux monstres marins, ainsi que le Capitaine Faragutt.

Pendant plusieurs mois, les recherches sont vaines. Mais, au moment où le capitaine et son équipage sont prêts à abandonner leur mission, Ned Land repère le monstre le 5 novembre 1867, illuminé comme du phosphore et démesurément grand. Il s'agit d'un « narval gigantesque » qui se déplace si rapidement que le navire a du mal à le suivre. Et lorsque Ned Land parvient finalement à le harponner, l'animal se retourne contre l'Abraham Lincoln, le projetant ainsi qu'Aronnax et Conseil à la mer. Ils parviennent à se réfugier sur le dos du monstre et se rendent alors compte qu'il s'agit d'un sous-marin.

Cet étrange sous-marin coule leur navire. Conseil, Ned et Aronnax sont faits prisonniers à bord du Nautilus (c'est son nom), où ils rencontrent le Capitaine Nemo. Très accueillant, il met à leur disposition de la nourriture raffinée, des œuvres d'art, une vaste bibliothèque et des chambres confortables. Toutefois, il exige d'eux qu'ils ne quittent plus jamais le Nautilus. Lors d'une visite détaillée du sous-marin, le Capitaine explique à Aronnax les subtilités techniques de son embarcation. Ensuite, il impressionne ses « invités » en leur montrant un salon lambrissé dont les vitres permettent une vue spectaculaire des fonds marins et de leur faune.

Le Capitaine Nemo invite les trois détenus à chasser sur l'île de Crespo. L'île se révèle en fait être sous-marine, ce qui pousse Ned à refuser de partir. Nemo fournit aux participants un appareil respiratoire et des combinaisons. Aronnax est enchanté par ce qu'il voit sous l'eau, forêts et loutres de mer. Toutefois, ils échappent de justesse à deux redoutables requins. Les jours suivants, le Nautilus passe au niveau d'épaves de bateaux et les mène à Vanikoro. Le sous-marin heurte un rocher et doit attendre que la marée le soulève. En attendant, le Capitaine Nemo autorise ses trois détenus à partir chasser. Ils y passent un bon moment, mais sont attaqués par des sauvages. Mais lorsque ces derniers touchent le Nautilus, ils reçoivent un choc électrique violent.

Aronnax est subjugué par leurs aventures et l'opportunité qu'il a d'étudier de près la vie marine. Une nuit cependant, le Capitaine Nemo drogue volontairement ses invités. Le lendemain matin, il demande à Aronnax de soigner un homme mourant. Aronnax n'y parvient pas et des funérailles sous-marines sont organisées au cœur d'un « cimetière de coraux ».

Au large de l'île de Ceylan, tous partent pêcher des perles. Le Capitaine Nemo intervient pour sauver un pêcheur local d'un requin, mais il est presque tué et est sauvé de justesse par Ned Land. Puis le Nautilus rejoint la mer Rouge. Le Capitaine connaît l'existence d'un passage secret vers la Méditerranée. Celui-ci comporte bien des dangers, mais le sous-marin réussit à passer.

Le Capitaine Nemo dispose d'importantes réserves d'or et d'argent, dérobées sur des lieux de naufrages. Chaque fois qu'un plongeur local s'approche, il lui prépare une boîte pleine d'or. Le Capitaine cherche toujours plus de trésors à piller car, selon lui, cet argent lui permet d'aider les personnes opprimées.

Le Capitaine et Aronnax organisent une autre expédition sous-marine. L'hôte montre à son invité la cité perdue de l'Atlantide, prise dans de la lave volcanique et des mines sous-marines de charbon, qui contribuent à l'approvisionnement en énergie du Nautilus.

Le sous-marin atteint le Pôle Sud le 21 mars. Le Capitaine Nemo plante son drapeau personnel et revendique ce territoire. Sur le chemin du retour, le Nautilus se retrouve pris au piège dans un tunnel de glace. L'équipage échappe de près à la mort par manque d'oxygène. Plus tard, Ned Land remarque un calmar géant et veut absolument le tuer : Nemo donne son accord. Mais le calmar attaque le Nautilus et dévore un marin.

Un jour, ils parviennent à l'épave de l'*Avenger* ; mais à proximité du site, le Nautilus est attaqué par un navire étranger. Le Capitaine Nemo décide d'utiliser le sous-marin pour couler de sang-froid le bateau ennemi, et tout l'équipage périt dans l'assaut. Il justifie cette terrible action en se référant au fait qu'il a dû voir mourir l'ensemble de sa famille auparavant.

Cet épisode leur permet de découvrir une partie de l'histoire du capitaine Nemo, que les Anglais ont jadis dépossédé et blessé dans sa chair, ce qui explique sa haine.

C'en est trop pour Aronnax, qui accepte de se joindre à la tentative d'évasion de Conseil et Ned Land la nuit suivante. Ils s'embarquent à bord d'une chaloupe alors qu'un cyclone approche. Ils sont sauvés quelque temps après par des pêcheurs norvégiens au niveau des îles Lofoten, d'où ils parviennent à regagner la France.

Après huit mois d'existence à bord du Nautilus, ils n'entendent plus jamais parler du sous-marin ou de son Capitaine.

III. PRÉSENTATION DES PROTAGONISTES

Le Capitaine Nemo

En latin, « Nemo » signifie « personne », ce qui correspond bien au mystère qui entoure le propriétaire du Nautilus. Nous n'apprenons par exemple jamais sa nationalité. Comme Conseil le déclare d'ailleurs, « *En outre, monsieur Nemo qui justifie bien son nom latin, n'est pas plus gênant que s'il n'existait pas.* ». Nous en apprenons en effet très peu sur lui ; schizophrène et misanthrope, il aurait perdu sa femme et ses enfants dans le passé, d'où sa quête de vengeance désespérée. Scientifique de génie, il a construit son sous-marin sur une île déserte et parcourt les mers du globe depuis. Il déclare dans le roman que les lois qui s'appliquent sur les continents ne le concernent plus désormais, et qu'il a pris la mer pour échapper à la barbarie de l'espèce humaine, aux guerres et à l'oppression. Il affirme également n'avoir aucun intérêt pour les affaires du monde. Cependant, on voit qu'il intervient occasionnellement pour aider les plus faibles (physiquement comme financièrement).

Bien qu'il tente de maintenir une apparence sévère et contrôlée, le Capitaine Nemo est souvent ému aux larmes et se met facilement en colère.

Pierre Aronnax

Pierre Aronnax est le narrateur et personnage principal du roman. Professeur suppléant au Muséum d'histoire naturelle de Paris, il incarne le cuistre classique, multipliant les références obscures, très respectueux du protocole social et refusant de fonder sa relation au monde sur ses sens et perceptions. Aronnax s'appuie entièrement sur ce qu'il lit et ce qu'il peut rationaliser. Son nom est très proche du mot « arrogant », ce qu'il est profondément, notamment vis-à-vis de son intelligence et de sa nationalité. Ses qualités d'observateur sont ainsi souvent entravées par sa partialité.

Tout au long du roman, Aronnax dépasse petit à petit ses défauts. Son conflit majeur porte sur sa confrontation avec Nemo : en effet, lorsqu'il doit choisir entre la science et les êtres humains, entre apprendre le plus possible et perdre une partie de son humanité dans le processus, il choisit toujours la seconde option...

Ned Land sert de double négatif à Pierre Aronnax. En effet, le harponneur a une vue parfaite, ce qui signifie qu'il croit ce qu'il voit avant de s'attacher ce qu'en disent les autres. Il préfère s'attaquer à la réalité plutôt qu'à d'hypothétiques possibilités. Ainsi, quand Aronnax désire observer la vie marine, Ned Land préfère, de son côté, partir y chasser.

Ned Land

Ned Land est un Canadien francophone, connu pour être le roi des harponniers. Âgé d'une quarantaine d'années, il est très grand, calme, mais à la nature colérique lorsqu'on le contredit. C'est un bon orateur et il aime raconter des histoires ou des contes, au point que le narrateur le qualifie d' « Homère canadien ». Il échange beaucoup avec Aronnax car, malgré leurs différences, le Français les rapproche et il peut compléter les connaissances théoriques du professeur par ses connaissances pratiques.

Son nom signifie « terre » en anglais, ce qui souligne un certain sens de l'ironie de la part de Jules Verne, puisque Ned Land est avant tout un marin.

Conseil

Conseil est le domestique de Pierre Aronnax. Âgé de 30 ans, il le suit dans tous ses voyages et, contrairement à ce que son nom indique, ne le conseille jamais. Il a de nombreuses connaissances scientifiques, mais peu d'expérience, et ne se plaint jamais. D'origine flamande, il est « *flegmatique par nature, régulier par principe, zélé par habitude* ».

Son nom est inspiré par celui de l'ingénieur Jacques-François Conseil, inventeur d'un bateau semi-submersible.

IV. AXES DE LECTURE

La signification du titre de l'ouvrage

« 20 000 lieues sous les mers » fait référence à la distance parcourue sous la mer, et non à la profondeur à laquelle est immergé le Nautilus. Le calcul est d'ailleurs rapide pour vérifier cette assertion : « 20 000 lieues » représenteraient 20 fois le rayon de la terre ; dans le roman, le sous-marin ne dépasse jamais une profondeur de 4 lieues, une lieue française étant égale à environ 4 kilomètres. Appliqué au titre du roman, cela signifie que la distance parcourue par les protagonistes est équivalente à 80 000 kilomètres.

Les références littéraires, mythologiques et scientifiques

Les allusions sont nombreuses dans le roman. On peut citer des références à l'*Odyssée* d'Homère (notamment lorsqu'Ulysse se fait appeler « personne » pour tromper le cyclope Polyphème) ou à Victor Hugo (lors de la bataille contre le calmar géant), mais aussi à des explorateurs ou scientifiques réels, tels que Matthew Fontaine Maury (dont un personnage porte le nom dans le roman), Dumont d'Urville, le comte de la Pérouse ou Ferdinand Lesseps, l'homme qui a conçu le canal de Suez. En effet, le Nautilus parcourt des routes empruntées par ces hommes, qu'il s'agisse de l'Antarctique ou du passage de la Mer Rouge vers la Méditerranée.

Quant au nom du Nautilus, Jules Verne s'est directement inspiré d'un des premiers sous-marins, élaboré par Robert Fulton en 1797.

Les sous-marins et la progression scientifique : Verne et la science-fiction

Cette connaissance développée de Jules Verne en matière de technologies de son époque a permis à son roman d'être une œuvre majeure de science-fiction. En effet, d'une part il incorpore les techniques et domaines scientifiques déjà connus à son époque : océanographie, biologie marine, ichtyologie, mais aussi utilisation des scaphandres, du matériel de plongée et de chasse sous-marine...

Mais surtout, l'auteur va plus loin et anticipe les progrès scientifiques à venir. Le Nautilus est ainsi beaucoup plus performant que les sous-marins existants à l'époque de Jules Verne. Il fonctionne à l'électricité et aux ressources minérales des grands fonds. En réalité, ce n'est que trente ans plus tard que le premier modèle de submersible à propulsion mixte verra le jour : il s'agit du Narval, suivi du sous-marin nucléaire USS Nautilus en 1954 (nommé ainsi en hommage au roman).

De plus, en matière d'anticipation, Jules Verne fait passer le Nautilus par le canal de Suez, qui n'est pas encore officiellement percé à l'époque, ainsi que sous l'Antarctique, dont personne ne savait encore qu'il s'agissait d'un continent...

L'homme et la liberté : l'affrontement de deux perspectives dans le roman

Les aventures incroyables des protagonistes ne doivent pas nous faire oublier que Ned Land, Aronnax et Conseil sont avant tout enfermés dans « une prison flottante ». Ce qui signifie concrètement qu'en échappant aux lois humaines des continents dont ils sont originaires, ce n'est pas pour autant une nouvelle liberté qu'ils ont atteinte, mais bien un enfermement dans un microcosme dont les lois sont celles du Capitaine Nemo, qui se retrouve en position de toute-puissance.

Ce dernier s'est enfui à travers les mers pour échapper à l'oppression qui règne sur terre. N'entrant pas dans la norme, le Capitaine recherche sa liberté dans l'eau. Les rôles sont donc inversés entre les protagonistes, entre mer et terre d'une part, prison et liberté de l'autre.

Cependant, la privation de liberté est vécue différemment par les personnages. Aronnax s'en accommode petit à petit, tandis que Ned Land cherche à s'échapper par tous les moyens.

Homme et nature

L'un des thèmes majeurs de l'histoire est contenu à la fois dans le conflit entre Aronnax et Nemo, ainsi que dans le personnage du Capitaine lui-même. Aronnax le « naturaliste » doit faire un choix entre son amour pour la science et ses compagnons. Nemo, qui a acquis un pouvoir incroyable en défiant la nature, doit lui concilier son pouvoir et son humanité.

Dans ce roman, le conflit typique entre l'homme et la nature est bien plus complexe que la manière dont il est traité traditionnellement. En général, il s'agit surtout de présenter la lutte entre l'homme et les forces de la nature. Dans ce cas, cependant, ce qui est typique de la science-fiction par ailleurs, c'est l'homme qui essaie de dépasser la nature, de la défier. Le capitaine Nemo cherche à créer une nature alternative dans les grands fonds marins, ce qui à l'époque était l'équivalent pour les gens d'aller vivre dans l'espace (c'est d'ailleurs ce que déclare Nemo lui-même).

Il semble même que le but ultime de Nemo est de contrecarrer la nature dans laquelle il est né, dans la mesure où celle-ci a engendré des situations trop douloureuses à supporter. Pourtant, même réfugié dans son Nautilus, le capitaine Nemo est encore soumis aux forces de la nature. Il doit trouver un moyen de créer une atmosphère telle que celle que l'on trouve sur terre, et se battre contre des créatures qui sont bien naturelles. Il est évident que la nature l'emporte à ce jeu, car Nemo ne peut pas échapper à sa nature humaine et à sa capacité à ressentir de la douleur.

Dans la même collection en numérique

Les Misérables

Le messager d'Athènes

Candide

L'Etranger

Rhinocéros

Antigone

Le père Goriot

La Peste

Balzac et la petite tailleuse chinoise

Le Roi Arthur

L'Avare

Pierre et Jean

L'Homme qui a séduit le soleil

Alcools

L'Affaire Caïus

La gloire de mon père

L'Ordinatueur

Le médecin malgré lui

La rivière à l'envers - Tomek

Le Journal d'Anne Frank

Le monde perdu

Le royaume de Kensuké

Un Sac De Billes

Baby-sitter blues

Le fantôme de maître Guillemin

Trois contes

Kamo, l'agence Babel

Le Garçon en pyjama rayé

Les Contemplations

Escadrille 80

Inconnu à cette adresse

La controverse de Valladolid

Les Vilains petits canards

Une partie de campagne

Cahier d'un retour au pays natal

Dora Bruder

L'Enfant et la rivière

Moderato Cantabile

Alice au pays des merveilles

Le faucon déniché

Une vie

Chronique des Indiens Guayaki

Je voudrais que quelqu'un m'attende quelque part

La nuit de Valognes

Œdipe

Disparition Programmée

Education européenne

L'auberge rouge

L'Illiade

Le voyage de Monsieur Perrichon

Lucrèce Borgia

Paul et Virginie

Ursule Mirouët

Discours sur les fondements de l'inégalité

L'adversaire

La petite Fadette

La prochaine fois

Le blé en herbe

Le Mystère de la Chambre Jaune

Les Hauts des Hurlevent

Les perses

Mondo et autres histoires

Vingt mille lieues sous les mers

99 francs

Arria Marcella

Chante Luna

Emile, ou de l'éducation
Histoires extraordinaires
L'homme invisible
La bibliothécaire
La cicatrice
La croix des pauvres
La fille du capitaine
Le Crime de l'Orient-Express
Le Faucon malté
Le hussard sur le toit
Le Livre dont vous êtes la victime
Les cinq écus de Bretagne
No pasarán, le jeu
Quand j'avais cinq ans je m'ai tué
Si tu veux être mon amie
Tristan et Iseult
Une bouteille dans la mer de Gaza
Cent ans de solitude
Contes à l'envers
Contes et nouvelles en vers
Dalva
Jean de Florette
L'homme qui voulait être heureux
L'île mystérieuse
La Dame aux camélias
La petite sirène
La planète des singes
La Religieuse

À propos de la collection

La série FichesdeLecture.com offre des contenus éducatifs aux étudiants et aux professeurs tels que : des résumés, des analyses littéraires, des questionnaires et des commentaires sur la littérature moderne et classique. Nos documents sont prévus comme des compléments à la lecture des oeuvres originales et aide les étudiants à comprendre la littérature.

Fondé en 2001, notre site FichesdeLectures.com s'est développé très rapidement et propose désormais plus de 2500 documents directement téléchargeables en ligne, devenant ainsi le premier site d'analyses littéraires en ligne de langue française.

FichesdeLecture est partenaire du Ministère de l'Education du Luxembourg depuis 2009.

Plus d'informations sur www.fichesdelecture.com

Notes :